La Petite Fadette

FichesdeLecture.com

**LA PETITE FADETTE
(FICHE DE LECTURE)**   **4**

I. INTRODUCTION

II. RÉSUMÉ DU ROMAN

III. PRÉSENTATION DES PROTAGONISTES

La famille Barbeau
Landry
Sylvain
Françoise Fadet
Madelon

IV. AXES DE LECTURE

Berry et mentalité paysanne
La jalousie destructrice
Une nouvelle forme de thérapie ?
George Sand et son héroïne

DANS LA MÊME COLLECTION EN NUMÉRIQUE   **11**

À PROPOS DE LA COLLECTION   **15**

La Petite Fadette (Fiche de lecture)

I. INTRODUCTION

La Petite Fadette est un roman écrit par George Sand, qui est le pseudonyme littéraire d'Aurore Dupin (1804-1876). Il a été écrit à la fin des années 1840, parallèlement à *François le Champi* et reste, aujourd'hui encore, l'un des romans les plus connus de la romancière.

En 1900, le roman est publié pour la première fois de manière officielle, chez Holt. Plusieurs adaptations audiovisuelles ont été faites de cette histoire.

II. RÉSUMÉ DU ROMAN

Le roman se déroule au XIXe siècle, dans la campagne française. À la Cosse, plus précisément, la famille Barbeau donne naissance à deux jumeaux identiques, Landry et Sylvain, dit « Sylvinet ».

Leurs parents sont des paysans aisés et de réputation respectable. Mais ils ne suivent pas le conseil qui leur est donné d'élever leurs garçons de manière à ce qu'ils s'individualisent et se différencient l'un de l'autre, et ce dès leur plus jeune âge.

Landry et Sylvain grandissent donc ensemble ; jamais ils ne se séparent l'un de l'autre, et leur affection mutuelle est très forte. Ils ont pourtant quelques différences, car Landry est plus fort, plus robuste que son frère, tant dans sa constitution physique que moralement.

Mais à l'approche de leurs 14 ans, pour le bien de la famille, l'un d'entre eux doit partir travailler dans une ferme des environs. Bien que les jumeaux soient dévastés par cette nouvelle, on décide que Landry partira, car il est le plus solide. Il doit donc partir travailler à la ferme voisine de la Priche, chez le Père Caillaud. Cela ne l'empêche pas de beaucoup souffrir de ce départ, même si sa fierté personnelle le pousse à cacher son chagrin ; Sylvinet, au contraire, ne cache pas sa souffrance. La froideur apparente de son frère l'atteint profondément et il part régulièrement s'isoler.

Un jour justement, Sylvain s'enfuit et ne revient pas… Landry part à la recherche de son frère, en vain. Il rencontre alors Françoise Fadet, une jeune fille de 13 ans, mal habillée et assez laide. Cette dernière vit avec sa grand-mère et son frère, un garçon mentalement retardé. Tout le village les méprise et pense que Françoise est une sorcière : on l'appelle « Grelet », « Fanchon », « La Petite Fadette »…

Ce même jour, Fadette aide Landry à retrouver Sylvain. Mais en échange, elle obtient sa promesse que, si un jour il a de nouveau besoin de son aide, elle puisse lui demander tout ce qu'elle veut. Justement, Landry doit lui demander son aide une seconde fois pour traverser la rivière.

Fadette lui demande de danser avec elle lors de la prochaine fête au village. Cela inquiète beaucoup le jeune homme, car la réputation de Françoise est très mauvaise, et cela l'empêche de danser avec Madelon, la jeune femme qu'il désire conquérir.

Toutefois, Landry tient parole, et il défend même la petite Fadette lorsque des garçons du village s'en prennent à elle. Ce geste touche la jeune femme, qui lui dit finalement qu'il peut danser avec qui elle veut, puis elle quitte les festivités. Mais Landry la suit et l'entend pleurer. Ils discutent longuement et profondément, tous les deux réunis dans l'obscurité. Landry se rend soudainement compte que Françoise est en fait une personne sensible, intelligente et amicale.

Landry essaie d'embrasser la petite Fadette, mais elle s'y refuse et lui dit qu'il regrettera son geste le lendemain, ce qui se confirme. En effet, le jour suivant, Landry repense au visage crasseux de Françoise et ne comprend pas son attirance de la veille. Peu de temps après, il surprend une conversation entre Madelon et Françoise, et les propos qu'elles échangent montrent à quel point Fadette est humble et respectueuse, tandis que Madelon est futile et méchante. Ses sentiments commencent alors à évoluer.

Les deux jeunes gens se fréquentent en secret. Le jumeau de Landry, Sylvain, se rend bien compte que quelque chose a changé chez Landry, et il finit par découvrir son secret. Cependant, il se tait.

Mais un jour, Madelon découvre leur lien, et elle va le raconter dans tout le village et la région avoisinante. Tout le monde est choqué, y compris les propres parents des jumeaux, qui lui demandent de mettre un terme à cette relation, même amicale. Landry s'y refuse, mais la petite Fadette veut mettre fin au scandale, et décide donc de le laisser et de partir pour Châteaumeillant, et donc de mener une nouvelle existence.

C'est ensuite au tour de Landry de partir, car il estime que cela sera une bonne chose que d'être séparé de son frère jumeau.

Un jour, Fadette revient. Elle est devenue une femme respectable. Sa grand-mère décède, et Fadette hérite d'une importante somme d'argent, ce qui lui permet de vivre aisément et de prendre soin de son frère. Cela transforme considérablement l'opinion des villageois et des parents à son sujet : on approuve enfin la liaison de Landry et Françoise.

Sylvain, de son côté, est rongé par la jalousie, au point qu'il en tombe malade. Il refuse d'abord de voir Fadette, mais cette dernière réussit à le soigner, ce qui les réconcilie.

Sylvain décide de s'engager dans l'armée après le mariage de son frère. Fadette a deviné qu'il est peut-être tombé amoureux d'elle, mais qu'il ne veut pas ternir le bonheur de son frère...

III. PRÉSENTATION DES PROTAGONISTES

La famille Barbeau

Les Barbeau sont une famille de paysans berrichons aisés, qui vivent dans leur ferme, la Bessonnière. Ils ont en effet deux garçons jumeaux, des bessons, Landry et Sylvain. Malgré les conseils que leur donne leur entourage à la naissance, les parents Barbeau décident d'élever les garçons de manière identique et très liée, ce qui rend d'autant plus difficile la séparation lorsque Landry part travailler pour une ferme voisine.

Landry

Des deux bessons, il est le plus robuste et le plus solide mentalement. Il a 14 ans lorsqu'il rencontre la petite Fadette. Il tient beaucoup à Sylvain, car lorsque ce dernier disparaît, il part immédiatement à sa recherche.

Tous deux sont blonds aux yeux bleus et au physique équilibré. Landry est le premier à voir le véritable visage de Fadette, à savoir une jeune femme intelligente. C'est toutefois un personnage assez simple et peu romanesque, malgré ses qualités évidentes.

Sylvain

Sylvain est surnommé Sylvinet. Des deux frères jumeaux, il est le plus sensible et le plus frêle. Il est très lié à son frère, et tout éloignement lui est extrêmement pénible. La jalousie et le chagrin peuvent le ronger jusqu'à ce qu'il en tombe malade.

Il évolue radicalement à la fin du roman, puisqu'après avoir été soigné par Fanchon, il se sacrifie au point de s'engager dans l'armée pour ne pas troubler le bonheur de son frère.

Ce personnage est plus sombre, mais aussi plus complexe que son frère, ce qui permet un développement important de la thématique de la jalousie et de l'amour.

Françoise Fadet

Dans toute la région, on l'appelle la Petite Fadette, ou encore Le Grelet, Fanchon. Âgée de 13 ans lorsqu'elle rencontre Landry pour la première fois, Fanchon est une jeune fille pauvre à la réputation de sorcière. Elle vit avec sa grand-mère et son frère, qui est attardé mentalement.

Son surnom vient d'abord de sa taille (comme un farfadet), mais aussi des pouvoirs qu'on lui attribue... De plus, elle est toujours sale, mal vêtue, et apparaît comme une sauvage dotée de pouvoirs guérisseurs...

Tout au long du roman, les sentiments que développent Landry à son égard et leur relation privilégiée nous ouvrent les yeux sur la véritable nature de la jeune femme: elle est bonne, dévouée, très intelligente et prête à faire des sacrifices pour ne pas heurter ceux qu'elle aime. Elle revient d'ailleurs soigner sa grand-mère, quelques mois après avoir quitté le village pour préserver Landry du scandale. Lors de son retour, sa richesse et son apparence font d'elle une femme respectable aux yeux des habitants, ce qui lui permet de retrouver Landry sans scandale.

Du point de vue du langage, Fadette est très douée, puisqu'elle développe un jeu complexe de rapports humains, basé sur l'usage du tutoiement ou du vouvoiement selon la situation et les personnes.

Madelon

Madelon est une jeune femme du village, courtisée par Landry aux débuts du roman. Elle est la nièce du patron de ce dernier.

Après les premières déceptions de Landry, qui ne peut pas danser avec elle comme il le voulait, il finit peu à peu par découvrir à quel point Madelon est futile, méchante et stupide, comparée notamment à la petite Fadette.

IV. AXES DE LECTURE

Berry et mentalité paysanne

L'histoire se passe dans le Berry, la région chère à George Sand. On y retrouve de nombreux lieux et paysages directement inspirés de la réalité (ainsi, la rivière est probablement l'Indre). George Sand a aussi fait plusieurs références à des légendes du Berry.

Mais surtout, l'auteur s'inscrit dans ce que l'on pourrait presque appeler une tradition du roman « rustique », développant une certaine image du monde rural, parfois romantique, parfois critique. On retrouve là, comme c'était le cas dans *La Mare au Diable* ou *François le Champi*, une grande observation de la mentalité des paysans et des rapports sociaux de cet espace, à cette époque. Propriété, dictature des appa-rences, clivages sociaux entre pauvres et riches, liens familiaux, croyances et superstitions...

Ce cadre particulier donne lieu à deux remarques :

- il permet de mettre en avant une vie simple et calme, loin des villes agitées, notamment suite à la révolution de 1848 ; le temps s'écoule tranquillement, les travaux et les fêtes rythment l'existence de tout un village. Dans sa notice, voici ce qu'elle écrit : « *Dans les temps où le mal vient de ce que les hommes se méconnaissent et se détestent, la mission de l'artiste est de célébrer la douceur, la confiance, l'amitié, et de rappeler ainsi aux hommes endurcis ou découragés, que les mœurs pures, les sentiments tendres et l'équité primitives, sont ou peuvent être encore de ce monde* »

- au-delà de cette vision idéalisée se profile aussi une critique sociale, sur les déséquilibres entre riches et pauvres au sein des paysans, mais aussi sur le droit à la différence d'individualité, à l'image de cette petite Fadette rejetée tant qu'elle n'est pas « conforme ».

La jalousie destructrice

On retrouve dans plusieurs œuvres et lettres de George Sand l'idée suivante : la jalousie s'apparente quasiment à une maladie. L'auteur en a elle-même beaucoup souffert durant son existence. L'amour malade de jalousie que Sylvinet porte à Landry est décrit en ces termes : « c'était en lui comme une maladie dont il ne pouvait se défendre ».

D'ailleurs, la maladie se veut chronique, dans ce roman, puisque les objets de jalousie de Sylvinet évoluent : il est jaloux des bœufs de la Priche, de Madelon, de Fadette, mais aussi de Jeanet et Cadet Caillaud. La jalousie est aussi source de transformation, puisque Sylvain devient de plus en plus exigeant et centré sur lui-même, allant jusqu'à fuir et presque faire du chantage au suicide.

Sand double son traitement de la jalousie d'une réflexion sur la gémellité et le fait d'élever de manière si rapprochée les deux enfants.

Une nouvelle forme de thérapie ?

Dans ce roman, plusieurs personnages sont donc malades, qu'ils s'agissent de la grand-mère ou de Sylvinet. C'est là qu'entrent en jeu la petite Fadette et ses capacités de guérisseuse, héritées de sa grand-mère. Aux côtés de Sylvain, la petite Fadette va lui faire suivre une thérapie différente de la médecine traditionnelle, très basée sur l'échange, la parole, la force des mots pour faire éclater la vérité aux yeux du patient. Elle brusque, puis apaise. Grâce à cette technique, Sylvain va d'ailleurs comprendre beaucoup de choses en repensant à son enfance et à sa propre identité.

George Sand et son héroïne

La Petite Fadette est méprisée pour plusieurs raisons, mais quelques-unes d'entre elles évoquent l'existence de la jeune Sand. Fadette n'a pas l'apparence d'une fille, mais plutôt d'un garçon (« tu n'as rien d'une fille et tout d'un garçon »), et ses talents de guérisseuse ne sont pas non plus « de son sexe ». Elle n'a rien de traditionnellement féminin, ce qui est un problème à l'époque.

Or George Sand a elle aussi été élevée par sa grand-mère, et s'habillait comme un véritable garçon manqué. Aurore Dupin (son véritable nom) était très mince et parcourait la campagne avec une bande de garçons, habillés comme eux.

La transformation « féminine » agit comme une révélation dans le cas de Fadette comme dans la vie de Sand, dont ceux qui l'ont rencontrée ont toujours souligné le grand charme.

C'est en tout cas une caractéristique récurrente des écrits de Sand que d'y retrouver des éléments de son enfance, des souvenirs, des détails, des impressions.

Dans la même collection en numérique

Les Misérables

Le messager d'Athènes

Candide

L'Etranger

Rhinocéros

Antigone

Le père Goriot

La Peste

Balzac et la petite tailleuse chinoise

Le Roi Arthur

L'Avare

Pierre et Jean

L'Homme qui a séduit le soleil

Alcools

L'Affaire Caïus

La gloire de mon père

L'Ordinatueur

Le médecin malgré lui

La rivière à l'envers - Tomek

Le Journal d'Anne Frank

Le monde perdu

Le royaume de Kensuké

Un Sac De Billes

Baby-sitter blues

Le fantôme de maître Guillemin

Trois contes

Kamo, l'agence Babel

Le Garçon en pyjama rayé

Les Contemplations

Escadrille 80

Inconnu à cette adresse

La controverse de Valladolid

Les Vilains petits canards

Une partie de campagne

Cahier d'un retour au pays natal

Dora Bruder

L'Enfant et la rivière

Moderato Cantabile

Alice au pays des merveilles

Le faucon déniché

Une vie

Chronique des Indiens Guayaki

Je voudrais que quelqu'un m'attende quelque part

La nuit de Valognes

Œdipe

Disparition Programmée

Education européenne

L'auberge rouge

L'Illiade

Le voyage de Monsieur Perrichon

Lucrèce Borgia

Paul et Virginie

Ursule Mirouët

Discours sur les fondements de l'inégalité

L'adversaire

La petite Fadette

La prochaine fois

Le blé en herbe

Le Mystère de la Chambre Jaune

Les Hauts des Hurlevent

Les perses

Mondo et autres histoires

Vingt mille lieues sous les mers

99 francs

Arria Marcella

Chante Luna

Emile, ou de l'éducation

Histoires extraordinaires

L'homme invisible

La bibliothécaire

La cicatrice

La croix des pauvres

La fille du capitaine

Le Crime de l'Orient-Express

Le Faucon malté

Le hussard sur le toit

Le Livre dont vous êtes la victime

Les cinq écus de Bretagne

No pasarán, le jeu

Quand j'avais cinq ans je m'ai tué

Si tu veux être mon amie

Tristan et Iseult

Une bouteille dans la mer de Gaza

Cent ans de solitude

Contes à l'envers

Contes et nouvelles en vers

Dalva

Jean de Florette

L'homme qui voulait être heureux

L'île mystérieuse

La Dame aux camélias

La petite sirène

La planète des singes

La Religieuse

À propos de la collection

La série FichesdeLecture.com offre des contenus éducatifs aux étudiants et aux professeurs tels que : des résumés, des analyses littéraires, des questionnaires et des commentaires sur la littérature moderne et classique. Nos documents sont prévus comme des compléments à la lecture des oeuvres originales et aide les étudiants à comprendre la littérature.

Fondé en 2001, notre site FichesdeLectures.com s'est développé très rapidement et propose désormais plus de 2500 documents directement téléchargeables en ligne, devenant ainsi le premier site d'analyses littéraires en ligne de langue française.

FichesdeLecture est partenaire du Ministère de l'Education du Luxembourg depuis 2009.

Plus d'informations sur www.fichesdelecture.com

ISBN: 978-2-511-02986-2

Notes :